Otto Julius Bierbaum

Lobetanz, ein Singspiel von Otto Julius Bierbaum

Otto Julius Bierbaum

Lobetanz, ein Singspiel von Otto Julius Bierbaum

ISBN/EAN: 9783743365131

Hergestellt in Europa, USA, Kanada, Australien, Japan

Cover: Foto ©Andreas Hilbeck / pixelio.de

Manufactured and distributed by brebook publishing software
(www.brebook.com)

Otto Julius Bierbaum

Lobetanz, ein Singspiel von Otto Julius Bierbaum

.

Lobetanz

Ein Singspiel

von

Otto Julius
Bierbaum

Verlag der Genossenschaft Pan
Berlin W 62
Im Mai 1895

Meiner lieben Mutter

Einleitlied

Heiterheller, blauer Himmel über jungen Frühlingswiesen,
Wo bei blauen Glockenblumen schwesterlich Margriten sprießen.
Leise Winde durch die Halme, die sich kinderzärtlich neigen;
Drüberhin der goldenen Sonne leuchtefrohes Mutterschweigen.
Ferneher aus grünen Büschen Reigenruf und Mädchensingen;
Schäferlich schwärmt die Schalmeie, und gedämpfte Becken klingen
Zwischen süßer Geigensehnsucht und den hellen Trompetinen;
Tiefbehagenfroh raunt lustig Grundbaßstöhnen unter ihnen.

———◆———

Hui, da kommt aus schwarzen Bergen wolkenschwer ein Donnerwetter,
Treibt in gelb- und roten Schwärmen vor sich junge Rosenblätter.
Rosenblätterwirbelreihen, Mädchenschreie, Regengüsse —:
Regenfortgeschwemmt der Tanz, donnerfortgefegt die Küsse.
Leise in das Sturmgestöhne seufzt ein herzentstiegenes Weinen;
Sonne, Thränentrocknerin, willst du garnicht wieder scheinen?

———◆———

Sieh, da teilt sich schon das Schwarze. Ob auch Wolkenwälle stemmen,
Donner rollen, Stürme blasen, — Sonnensieg ist nicht zu hemmen.
Mählig wird es wieder helle, und der Siegerin goldne Speere
Glänzen hell im grauen Rücken aufgelöster Wolkenheere.
Halme, die darnieder lagen, heben sich behutsam wieder,
Glockenblume und Margrite schütteln rein vom Naß die Glieder.
Trompetinen, Clarinetten, Baß, Schalmeien, Flöt' und Geigen
Stimmt das junge Volk zu neuem, buschumgrüntem Frühlingsreigen.

Und sie schreiten auf den Wegen, die der Sturm mit Rosen streute.
Wußt' er denn, daß unversehens eine Hochzeitsfeier heute?
Denn es zieht im Zug ein stilles, glückumglänztes Paar verschlungen,
Dem der Sturm in Donnerwettern laut das Brautlied hat gesungen.

Es treten im Spiele auf:

Lobetanz.

Die Prinzessin.

Der König.

Die Erste der Braunen.

Die Erste der Blonden.

Der Förster.

Der Henker.

Der Richter.

Die Sänger.

Der Erste der Gefangenen.

Der Zweite der Gefangenen.

Der Dritte der Gefangenen.

Der alte Gefangene.

Ein Bursch aus dem Volke.

Mädchen. Pikeniere. Musiker. Gefangene. Zwei Herolde. Blüten=
zweigträgerinnen. Fahnenschwinger. Volk.

Rechts und links vom Zuschauer.

Erster Aufzug.

Ein blühender Frühlingsgarten. Rechts Rosenbüsche und eine
Laube, davor ein Springbrunnen. Links zwei Thronsessel, davor
in runden Reihen breite Marmorsitze; beides reichlich mit Rosen um=
rankt. Alles ist in zarten Farben. Den Abschluß der Bühne bildet
eine umbuschte Mauer. Wie sich der Vorhang hebt, sieht man
die Mädchen*) beschäftigt, Rosen zu streuen. Dazu singen sie:

Es ist ein Reihen geschlungen,
Ein Reihen auf dem grünen Plan,
Und ist ein Lied gesungen,
Das hebt mit Sehnen an,
Mit Sehnen also süße,
Daß Weinen sich mit Lachen paart;
Hebt, hebt im Tanz die Füße
Auf lenzeliche Art.

Während des Liedes haben sich die Mädchen bei den Händen
in Ringelreihart gefaßt. So, in zwei Kreisen, die Braunen

---

*) Sie tragen leicht seidene, geschürzt faltige Gewänder, ein Phan=
tasiecostüm, das an das griechische nur leise erinnern darf und etwa in
der Mitte zwischen diesem und dem deutsch mittelalterlichen steht. Man
findet Muster dazu auf neueren englischen Gemälden, des Burne=Jones
z. B. Die Farben sind ganz zart: moosgrün, bleu mourant, aprikosen=
farben. Die Blonden tragen das Haar langlockig, die Braunen bis zur
Schulter in einem Lockenkranze, wie die Engel Botticelli's.

zusammen und die Blonden zusammen, singen und tanzschreiten
sie das Lied:

Blauer Himmel, Himmel blau,
Maiensonne, helle,
Wer ist die allerschönste Frau,
Ist sie hier zur Stelle?

Alle Mädchen blicken lachenden Gesichtes, wie wenn sie auf
etwas warteten, nach oben, indem sie im Schreiten einhalten;
dann sehen sie sich reihum schalkisch an, brechen in ein helles
Gelächter aus und beginnen, viel lebhafter, aufs Neue den Ringel-
reihen, indem sie singen:

Eia, der helle Sonnenschein
Kennt nicht das schönste Jungfräulein,
Muß meinen Liebsten fragen;
Mein Liebster ist klug,
Weiß allgenug,
Mein Liebster wird mirs sagen.
Eia!

Während des letzten Verses hat sich Lobetanz*) von jenseits auf die
Mauer geschwungen und blickt, die Beine hinunter hängen lassend,
die Arme eingestemmt, lachend dem Treiben zu. Wie das Lied ver-
klingt, springt er mit lustigem Sprunge herab. Die Mädchen hören
es und wenden sich, alle gleichzeitig, wie auf Commando, dem Burschen

---

*) In der bunten, aber arg zerschlissenen Tracht eines Fahrenden
aus dem Mittelalter; dazu Barett mit weißer Feder, Degen an der Seite,
Geige überm Rücken. Er ist blond, lebhaften Auges, hat blonde Ringel-
haare, (nicht allzu kurz) kleinen Schnurrbart; alle seine Bewegungen
sind kräftig sicher.

zu, der eine gemeſſene Verbeugung macht. Da ruft Die Erſte
der Braunen ihm zu, indem ſie ſich ihm nähert:

He, du! Der Garten da iſt königlich! Da ſpringt man
nicht ſo über die Mauer.

Lobetanz
ſeinerſeits ihr entgegen gehend:
Warum denn nicht?
Singend:
Ich ſpringe hin, wohin ich mag,
Heut iſt der Frühe-Roſen-Tag,
Springfroh ſind meine Beine.
Wo Roſen ſind, ein ganzer Hag,
Brech ich mir eine.
Er küßt die Braune auf den Mund.

Die Mädchen
im Chor durcheinander, komiſch entrüſtet, halb lachend:
Ohhh! ohhh! Ei der!

Lobetanz macht Anſtalt, auch die übrigen zu küſſen. Alle
weichen lachend zurück nach der Richtung der Marmorſtühle zu,
hinter denen ſie ſich, niedergekauert, verbarrikadieren.

Lobetanz:
Ho, Roſen ums Geſtühl! Iſt Hochzeit heute bei Königs?

Die Erſte der Blonden:
Der Dumme weiß nicht, daß heute Singetag iſt!

Die Erſte der Braunen:
Ja, Singetag, du!

Lobetanz:

Singetag! Du lieber Gott, die Dudelsacksänger!
Nimmt seine Geige vom Rücken und sieht sie an:
Da bist du zu gut dazu!

Die Erste der Blonden:

Ho, der stolze! Kannst du denn geigen, und singen auch?

Lobetanz:

Ich? Was sollt ich denn sonst können? Seh ich nicht aus,
zerschlissen genug, wie ein guter Sänger?

Die Erste der Braunen:

Oh! Bei uns stolzen die Dichter in ganznähtigen Gewändern
und in seidenen gar, mit sammtenen Puffen. Sind wohl
angesehen und gewürdet und gewappelt, und unser guter
König liebt sie. Du bist wohl weit her und einer von den
Fahrenden? Wie heißt du denn?

Die Mädchen
langsam näher gekommen, hinter den Marmorstühlen vor:
Ja, wie heißt du denn?

Lobetanz
nach einer Pause, singend:
Mein Vater hieß, ich weiß nicht, wie,
Meine Mutter verlor den Myrtenkranz,
Meine Mutter, die herzliebe Fraue, die
Nannte mich Lobetanz.

Die Braunen
den Klang des Namens nachsingend:
Lobetanz! Ei! Lobetanz!

Die Blonden
den Klang des Namens nachsingend:
Lobetanz! Ei! Lobetanz!

Lobetanz:
Hört mal, ihr seid gute Singerinnen, und es wäre hold zwischen solchen Rosen; — aber die gewappelten Sänger! Puh! Laßt mich weiter! Heut ist ein guter Rühr-die-Beine-Tag. Seht nur, wie der Himmel den Rosen lacht! Gott hüt euch und erhalt euch hold!

Die Mädchen:
Ach, gehn will er!

Die Erste der Blonden:
Du, bleib! Gleich kommt der Zug der königlichen Sänger und dann der König selber und mit ihm das königliche Fräulein. Oh, die ist schön!!

Die Mädchen:
Oh, die ist schön!!

Lobetanz:
So! Schön ist sie? Ach!

Die Mädchen
komisch seufzend:
Ach!

Lobetanz:
Na? Was ach't ihr denn so seufzerlich?

Die Mädchen
noch komischer seufzend:
Ach!!

Lobetanz:
Hört mal, Kinder, was ist's mit eurem Ach!

Die Blonden:
Er weiß es nicht!

Die Braunen:
Er weiß es nicht!

Lobetanz
sie nachahmend:
Ich weiß es nicht!

Die Blonden
komisch erstaunt thuend:
Nein!?!

Die Braunen
komisch erstaunt thuend:
Nein!?!

Die Mädchen
lachend, durcheinander:
Willst's gerne wissen?

Lobetanz

der sich kaum ihrer erwehren kann:

Ja, ja, ja, ja, so sagt mirs doch!

Die Mädchen gruppiren sich mit komisch feierlichem Ernste um
die Erste der Braunen.

Die Erste der Braunen:

Im Schloß, wo unser König wohnt,

Da war viel Lachen, helle,

Es ließ unsre kleine blonde Prinzeß

Kein Trauern über die Schwelle.

Ihr Lachen war so süß und zart

Wie junger Vögel Singen,

Es klang vom Schloß übers ganze Land

Wie Silberglockenklingen.

Das ganze Land war maienfroh,

Der König maienselig;

Da blaßte der Prinzessin Wang,

Hin schwand ihr Lachen mälig.

Oh wehe Gott, oh große Not,

Sie ward so bleich als wie der Tod;

Die Mädchen:

Ihr Lächeln wurde schwach;

Die Erste der Braunen:

Da schrak der gute König sehr

Und fragte sie, was ihr Begehr,

Die Mädchen:
Sie sagte nichts als: Ach!

Die Erste der Braunen:
Willst du mein Kind ein seiden Kleid?

Die Mädchen:
Ach!

Die Erste der Braunen:
Willst du ein güldenes Geschmeid?

Die Mädchen:
Ach!

Die Erste der Braunen:
Was willst du denn? Oh sag es mir,
All was du willst erfüll ich dir!

Die Mädchen:
Ach! Ach! Ach!

Lobetanz:
Kinder, wie ach't ihr das königliche Fräulein nach, — mich
dünkt, ihr lacht dazu. Tut sie euch nicht leid, die Prinzeß?

Die Erste der Blonden:
Wir wissen, was die Krankheit sei,
Wir wissen auch die Arzenei,
Doch will man uns nicht fragen;
Die Dichter sollens sagen.

Die Mädchen
lachend:
Die Dichter, die Dichter mit Harfengerupf,
Die Dichter, die Dichter mit Saitengezupf,
Die Dichter, die Dichter, die Lyraschläger,
Die Dichter, die Dichter, die Wortewäger.
Ach! Ach! Ach!!!

Lobetanz:
Was? Die Dichter sollen sie kurieren?
Eure alten, wohlbestallten? Und wollen sies tun?

Die Erste der Braunen:
Darum ja eben ist heute Singetag! Unser guter König
glaubt, sein liebes Kind werde fröhlich gemacht werden
sicherlich durch ein neues unerhörtes Lied, und seit Wochen
schon üben unsre Preislichen ihre Leyern in neuen Weisen.
Weißt du: Unser guter König vermeint, nichts heile Herzen
besser, als ein Gedicht.

Lobetanz:
Hm! Kommt nur drauf an, weß' Art es ist. Mädchen,
ich fürchte, das wird eine schlimme Kur. Ich will die
Qual nicht mit ansehn. Grüßt mir das arme achgequälte
Kind!
Wendet sich zum Gehen.

Die Erste der Blonden:
Nicht doch, bleib hier! Die ist schön, du, die Prinzeß!

Lobetanz:

Ja, aber was soll ich unter den gut angezogenen Dichtern
mit den Sammetpuffen! Schaut, Mädel, meine linke Wade
hat keine Scham und guckt nackt durch ein doppeldukaten-
groß Loch, und mein Wamms, daß' Gott erbarm, läßt viele
Leichtsinnsfahnen flattern. Schaut doch: die Fetzen!

Die Erste der Braunen:

Wir wollen sie Dir mit Rosen zustecken. Komm, Lobetanz,
bleib. Kannst hinter uns in der Springbrunnlaube sein.
Komm, bleib.

Die Mädchen drängen sich an Lobetanz und bestecken sein Kleid
mit Rosen, wo es zerschlissen ist. Die Erste der Braunen hängt
ihm eine Rosenranke um.

Lobetanz
singt währenddeß:

Mit Rosen ausgeflickt mein Kleid,
Von Rosenketten umhangen,
O wundersames Lenzgeschmeid,
Da wird nicht fortgegangen!
Da halt ich klüglich gerne still
Und lasse gern mich binden;

Spricht:

Den Sänger möcht ich finden,
Der da ausreißen will.

Beim Ausklange dieses Liedes, während dessen Lobetanz in die Laube hinter dem Springbrunnen geführt wird, beginnt von ferne der Marsch des Sängerzuges einzusetzen. Während die Mädchen sich vor der Springbrunnenlaube in zwei Reihen gruppieren, so, daß Lobetanz hinter ihnen und den Laubenranken verborgen erscheint, betritt der Zug die Bühne. Voran in bunter Phantasietracht (aber alles in frühlingslichten Farben) die Herolde mit buntbewimpelten Spruchstäben, dann Blütenzweigträgerinnen, dann die Musik mit silbernen Trompeten und Trompetinen, dann die Sänger in steifseidenen Mänteln (jeder mit einem grotesken Wappen bestickt), die Lyra im Arm, goldene Kränze auf den langhaarigen Köpfen · (übertrieben würdevoll); dann Knaben, Wimpelstäbe schwingend, dann eine Gruppe Mädchen, die eine riesige Rosenguirlande tragen, von der der König und die Prinzessin eingeschlossen ist. Der König ist der einzige im ganzen Zuge, der eine entschiedene Farbe an sich hat: einen purpurnen Mantel. Dazu die goldene Krone. Er ist sehr wohlbeleibt, roi bonhomme, und trägt ein Scepter in Form einer goldenen Lilie. Die Prinzessin, schlank, blond, blaß, ist ganz in weißer Seide und trägt gleichfalls ein Lilienscepter, aber aus Silber; sie hat einen Kranz von blaßrosafarbenen Rosen auf. Der Zug wird beschlossen von Pikenieren in silbernen Küraßen, mit hohen silbergrauen Reiterstiefeln, riesigen silbernen Helmen und langen Hellebarden. Sobald der König und die Prinzessin am Throne angelangt sind und sich niedergelassen haben, schweigt die Musik, dafür greifen die Sänger zu einem rauschenden, etwas prätentiösen Willkommen in die Harfen, und das Volk, das hinter dem Zuge her die Bühne erfüllt hat, ruft:

Vivat hoch unser guter König und sein liebes Kind!

Der König und die Prinzessin erheben sich und verneigen sich vor der Menge, die nun nochmals, unter Geschmetter der Trompeten und Harfengruß der Sänger, unter Fahnen- und Blütenschwenken

ein Vivat ausbringt. Der König und die Prinzessin setzen sich,
der König hebt die Hand auf, Stille tritt ein.

Der König
zur Prinzessin:
Sag du, mein Kind, den frommen Gruß dem Frühen-
Rosen-Tage.

Die Prinzessin
erhebt sich, langsam, müde, mit einem schwachen, gütigen Lächeln,
indem sie ihr Lilienscepter im Kreise über die Menge erhebt:
An allen Zweigen

Das reine Weiß,

Von tausend Blüten

Ein zart Gegleiß,

Mattgoldener Sonnenschein;

Der ersten Rosen zage Helle

Liegt auf des Lenzen grüner Schwelle;

Nun zieht die Schönheit schweigend ein.

Ein göttliches Begüten

Begnadet nun die Welt,

Es ist ein himmlisch Hüten,

Das uns im Arme hält.

Wir sind ihm hingegeben

In sehnsuchtsüßem Beben,

Dem, das da kommen soll;

Laßt uns in zagem Schweigen

Dem Heiligen uns neigen,

Das aller Werdeseligkeiten voll.

Alle:

Laßt uns in zagem Schweigen
Dem Heiligen uns neigen,
Das aller Werdeseligkeiten voll.

Pause.

Dann winkt der König, und die Holzbläser der Zugmusik blasen
ein kurzes Stück, nach dessen letzten Tönen die Mädchen singen:

Die Mädchen:

Singetag! Singetag!
Laßt uns nicht lange warten!
Wer macht gesund unsre goldne Prinzeß
Im hellen Rosengarten?

Das ganze Volk
einfallend:

Wer macht gesund unsre goldne Prinzeß
Im hellen Rosengarten?

Klirrende Bewegung unter den Sängern. Sie stehen allesamt
auf und stürmen, daß die seidenen Mäntel bauschen, dem Throne
entgegen, hoch die Leyern gehoben. Gleichzeitig greifen alle in
die Harfen, und wollen alle auf einmal beginnen.

Die Dichter
durcheinander:

Oh Holde, Wundersüße!
Hochgeborne, herrlich Hehre!
Himmlische, Göttliche, Preisliche, Hohe!

Liebling du des ganzen Landes!
Perle in des Königs Krone!
Süße Sonne unsres Lebens!
Holde Rosenkönigin!

Alle halten sich die Ohren zu, der König wehrt gutmütig ängstlich ab, und die Prinzessin hält beide Hände wie im höchsten Entsetzen von sich. — Da winkt der König den Blechbläsern, und eine stürmische Fanfare ertränkt den Lärm der Sänger. Diese geraten unter sich in heftigen Streit und erheben ihre Harfen gegeneinander. Das Volk amüsiert sich und lacht, die Mädchen kichern und singen:

Die Dichter, die Dichter mit Harfengerupf,
Die Dichter, die Dichter mit Saitengezupf,
Die Dichter, die Dichter, die Lyraschläger,
Die Dichter, die Dichter, die Wortewäger.

In diesem Hin- und Hergewoge wendet sich stummfragend der König an die Prinzessin. Diese schüttelt langsam, müde das Haupt; da klingt (indeß der Lärm nur leise noch nachtremoliert) eine Geigenmelodie, süß und zart, aus der Springbrunnenlaube, und das Gelärm setzt sofort aus. Alle Köpfe wenden sich nach der Laube, die Prinzessin richtet sich ein wenig auf und blickt mit weit offenen Augen gleichfalls dorthin. Da wird die Geigenweise sehnlicher und sehnlicher, und von den Lippen der Prinzessin kommt, wie im Traume, ein lautes, beglücktes „Ach."

Die Sänger
entrüstet:
Wer geigt denn hier,
Da noch nicht wir,

Wir! wir!
Begonnen haben!!?

Lobetanz

aus der Springbrunnenlaube, die etwas hoch liegt, hervortretend:
Ich, mit Verlaub, meine Herren Sänger, ich! Vergebt, ich
hab's halt nimmer ausgehalten vor eurem Harfengeraufe;
drum frug ich meine liebe Frau, da, meine Geige, ob ich
fliehen sollte vor euerm Saitenrasseln oder bleiben, und
siehe da, ihr hörtet, wie sie sang: Bleib da!
Er streicht nochmals einen feinen, leisen Ton.

Die Sänger
bös durcheinander:
Fort mit dem Spötter!
Die Majestät hat er beleidigt!
Ein gemeiner Fiedler ist er!
Ein Lump! Ein Landstreicher!

Dann zum König gewendet:
Befiehl den Pikenieren!
Laß ihn stäupen!
Fort mit ihm aus deiner glorreichen Nähe!

Indessen hat sich die Prinzessin ganz aufgerichtet, immer ihr
Auge weit offen nach Lobetanz gewendet. Alles schweigt und
blickt gespannt auf sie. Da spricht sie langsam, wie aus einer
Eingebung:
Laß diesen singen, Vater!

Der König:
Komm, Fiedler, vor!

2*

Bewegung im Volke, haſtige Geſten unter den Sängern, fröhliches Hin-und-Her unter den Mädchen, die ſich zu einer ſchönen Gaſſe teilen, Lobetanz durchzulaſſen. Wie er ſie durchſchreitet, die Geige am Kinne, ſingen ſie:

Die Mädchen:
Sing, Lobetanz, ſing!
Sing, Lobetanz, ſing!

Lobetanz
ſchreitet ruhig durch die Reihen der Sänger, die ihm bös mit Blicken drohen, nimmt dann ſeine Geige unter den Arm, ſenkt wie einen Degen den Fiedelbogen, und, wie er vor das Thronzelt kommt, neigt er nur ein wenig den Kopf und ſpricht:
Herr König, hier bin ich.

Der König
ſieht ihn ungewiß an, dann blickt er fragend auf die Prinzeſſin, die keinen Blick von Lobetanz läßt.

Die Mädchen,
abwechſelnd die Blonden und die Braunen:
Sing, Lobetanz, ſing!
Sing, Lobetanz, ſing!

Der König
ſenkt ſein Lilienſcepter.

Pauſe.

Lobetanz
lächelt erſt, dann thut er einen Blick auf die Prinzeſſin, und ſeine Blicke trinken die ihren. Dann ſchließt er ſeine Augen auf eine kurze Weile, ſetzt die Geige an, als ob er ſpielen wollte.

Dann setzt er sie wieder ab und, wie wenn er ganz alleine wäre,
singt er leise. Es ist ein suchendes Singen:

Soll ich, soll ich singen zu dir,

Singen zu dir, du stilles Kind,

Stilles Kind in der königlichen Seide?

Er hält inne. Nur die hohe Saite klingt einen zarten Ton.

Sind deine Blicke so hold, so reich,

Tief und rätselsüß wie der Kelch der jungen Rose ...

Wieder nur der Ton der hohen Saite.

Himmelsaugen, bange, große,

Augen aus dem Himmelreich.

Ein zager, schmerzlicher Ton.

Geige, Geige, meine Liebfraue,

Deine Stimme ist viel zu rauhe,

Meine Seele ist viel zu wild,

Schweigend küßt mein Herz das Bild,

Das ich mit dem Herzen schaue.

Pause.

Lobetanz und die Prinzessin wie im Blickebann.

Die Sänger
wild durcheinander:

Welch ein Stümper und welch ein Frechling!

Kein Vers! Kein Gefüge! Kein Regelreim!

Kind nennt er die Prinzessin!

Der Bauer!

Die Mädchen
laut hinein in den Lärm:

Sing, Lobetanz, sing!

Sing, Lobetanz, sing!

Der König

hebt, Schweigen gebietend, den Lilienstab.

Lobetanz

immer im Blicke der Prinzessin, hebt Geige und Bogen und läßt
beide wieder sinken, dann singt er ohne Geige, wie aus einer
träumenden Ferne her:

Ich steh im Glanze wundersam,
Der mir aus deinem Himmel kam,
Holdselig Kind von sechzehn Jahren.
Weißt du es noch: es war im Mai,
Manch Lenzen wehte schon vorbei,
Da selig wir beisammen waren?
Durch junges Blühen schritten wir,
Und unsre Seelen sahen sich,
Zwei blasse Rosen pflückt ich dir
Von einem Zweig geschwisterlich.
Wir waren ganz allein, allein,
In Maiengrün, Frühsonnenschein,
Und küßten uns unschuldig traut
Und spielten Bräutigam und Braut.
Weißt du es noch?

Die Prinzessin hat in steigender, innerlichster Glückeserregung zu-
gehört, sich mehr und mehr erhoben, mehr und mehr sich vorgebeugt mit ausgebreiteten Armen und immer den Blick auf Lobetanz.
Wie dieser geendet hat, sinkt sie mit einem Seufzer nach hinten
über, wie tot. Der König bückt sich erschrocken über die Prinzessin.
Erschrecken im Volke.

Die Sänger
wild durcheinander:

Pikeniere! Pikeniere!

Bindet ihn! Kettet ihn!

Werft ihn in' Turm!

Ein Zauberer! Ein Zauberer!

Henkt ihn! Henkt ihn!

Die Mädchen
dringen nach vorn durch die Sänger und bilden eine Gasse für
Lobetanz und singen:

Flieh, Lobetanz, flieh!

Flieh, Lobetanz, flieh!

Lobetanz wirft noch einen Blick auf die Prinzessin, dann wendet
er sich rückwärts und ersteigt die Mauer, während die Pikeniere
vergeblich versuchen, ihn zu erreichen. Die Mädchen, die Sänger,
das Volk drängen zum Thronzelt vor, die Prinzessin schlägt
die Augen auf und blickt großäugig in die Runde. Dann singt
sie leise vor sich hin:

Und spielten Bräutigam und Braut.

Der Vorhang fällt.

Zweiter Aufzug.

Eine Waldwiese. Links ragt ein kleines Försterhaus auf die
Scene. In der Mitte, aber ein wenig mehr zum Hause hin,
die ganze Scene mit ihren Zweigen überschattend, eine riesige
Linde. Um ihren Stamm herum, zweimannshoch etwa, ein
Gerüst mit Geländer, zu dem eine Treppe hinaufführt, so, daß
eine ihrer Windungen dem Zuschauer sichtbar ist. Rechts junges
Buchenholz, in das ein Weg führt. Lobetanz, barhäuptig, in
der Linde rittlings auf dem Geländer sitzend, geigt und singt.

Lobetanz:

Lenz, deine Wasser sind tief.

Was mir im Herzen schlief,

Jahre lang,

Jahre bang,

Hei, wie's zum Leben drang,

Als deine lockende Stimme es rief.

Lenz, oh du lachender, leuchtender Lenz,

Lenz, deine Wunder sind tief.

Während des Liedes ist der Förster, ein alter Weißbart, aus
seinem Hause getreten und hat wolgefällig zugelauscht. Als das
Lied zu Ende ist, ruft er hinauf:

Schau da, die Musikantenherberg! Hab mirs eh' gedacht,
da ich dich einließ in der Prinzessin Linde. Du fiedelst und
sie pfeifen, die Buntröcke!

Lobetanz:

Ja, Waldmann, schön ists heroben! Aber Mausehafen habt
ihr hier im Walde.

Förster:

Was?

Lobetanz:

Schaut! Heut morgen, da ich aufwache, sitzt hier auf dem
Geländer, just da, wo meine Beine reiten, ein Buntspecht;
wißt ihr: so ein recht gravitätischer; und neben ihm, rechts,
wippt eine Meise das Schwänzchen; und links zipiept ein
Rothkelchen. Wunderlieb, die dreie! Da, denkt euch, kommt
ein Rabe geflogen, herrgott, was für ein großer schwarzer
Kerl, und krächzt und rappelt die Flügel, und hui sind sie
fort, meine lieben dreie. Was! denk ich, ich will dich
lehren, bunte Vögel fortkrächzen, schwarze Livrey, und
schmeiße meine Mütze nach dem Gierschnabel. Was tut
mir aber der? Er biegt fein aus, hebt sich zwei drei Fuß,
stößt hurtig dann nieder und packt mir, denkt euch, der
Kerl! packt mir mein Barett'l, das Mutter selber mir
gemacht hat, nimmt es in den gelben Schnabel und fliegt
wie die leibhaftige böse Angst davon, links 'nüber, da über
die Erle!

Förster:

Wo 'nüber?

Lobetanz:

Da, über die Erle!

Förster:

Ei du, so flog er ja zum Galgen, der schwarze Gast, und wenn du deine Mütze wieder haben willst, wirst du sie schon beim Meister Rotlatz holen müssen.

Lobetanz:

Na! Na! Ich kann sie schon missen. Mag er seine kleinen Junker Weichschnäbel drein betten, der nachtfarbene Krächzer. Ich kann auch barhaupt singen, und regnet der Mai mir in die Haare, werden sie besser wachsen, und will ich was in die Lüfte werfen für Freuden, hab ich dazu meinen Fiedelbogen.

Förster:

Recht hast! Wer da greint, wenn ihm der Has davon läuft, den lachen die Spechte aus . . . . Du, hör! Ich geh jetzt auf die Pürsch, in des Königs Gefolge. Könntest auch ein guter Waidmann sein, mit deinen frischen Augen und schmeidigen Lenden!

Lobetanz:

Mag keine Rehe schießen, Waldmann. Haben so treue, furchtholde Augen.

Förster:

Ach, das sanfte Singerlein! Ach! Ach! Na, muß auch solche Seelchen geben! Haus' heiter!

Lobetanz:

Gut Weg und rein Geheg, Meister!

Der Förster geht rechts über die Wiese ab. Lobetanz reckt die Arme, blickt unter sich, über sich, ganz aufgehend in Sinnen und Schauen. Musik hebt an.

Lobetanz:

Hier läßt sich träumen, was geschah
und was noch werden will.
... Was will denn werden? ...

Er blickt auf.

Mutterls Augen blauen durch die Zweige,
Oh wie schön!
Und im Winde hör ich ihrer Stimme
Lind Getön.

Eine volksliedhafte Melodie klingt an.

Will mein Junge Aepfel haben,
Rote oder gäle?
Hast du zweie,
Hast du dreie!
Schäl', mein Junge, schäle!
Schäle Schalen, lange Bänder,
Leg' sie um im Kreise,
Iß die Aepfel! Iß die Aepfel!
Beiß, mein Junge, beiße!

Gesprochen:

Ach mein liebs, liebs Mutterl!

Gesprochen:

Und das königliche Fräulein! .... Was die für liebe
Augen hat! ... So ganz liebe! ... Und lauter Glück
ist drinn, tief unten.

*Er setzt die Geige an und streicht ein paar lange sehnsüchtige
Töne.*

Das kann keine Geige singen!

Pause.

Wie sie schön war in der weißen Seide! — Und was
für Haare! Lauter Goldfäden! ... Nein! ... Strahlen!
... Ich möchte mal hineingreifen und sie mir um den
Hals wickeln. ..

Kleine Pause.

Dummer Junge! — sagts Mutterl.

Kleine Pause.

So feine Hände hat sie .... schmal und ganz weiß ....
aber die Augen sind doch das allerschönste!

Kleine Pause.

Wie waren sie denn? — Braun? Ja! .. Ja! .. Aber
nein doch, nein! nein! Blau! — Blau? Nein, nein!
Schon braun, lichtbraun! So, wie beim Reh ...

Gott, was ich ein Dummer bin!

Freilich waren sie blau! Ach ich Verkehrter!

Spielt und singt dazu:

Blau, wie das Wasser im See,

Klar, wie das Wasser im See,

Tief, wie das Wasser im See

Sind deine Augen, du Meine, du Meine!

Gesprochen:

Du Meine ...!.. Dummer Junge! .... sagts Mutterl.

Pauſe.

Ob ſie wohl krank iſt? Lag doch wie eine Tote im Stuhl
zurück! Nein! Nein! Nicht krank! Nicht krank, du Meine!
Was hock ich hier! Hin ſoll ich! Was kümmern mich
die Pikeniere!

Er erhebt ſich und will zur Treppe. Da ſchreitet die Prinzeſſin
(ſie trägt ein zart maiengrünes Kleid, die Haare wiederum offen,
daß ſie lang herunterfluten bis in die Beuge des Kniees. Das
Kleid iſt oben knapp anſchließend, wie auf alten deutſchen Bildern
bei den jungen Mädchen. Sie trägt goldbrokatene Schuhe) rechts
aus dem Buchengehölz. Sie wendet ſich um und ruft:

Geht nur und laßt mich hier für mich! Ich will in
meine Linde ſteigen.

Lobetanz, wie er ſie hört, bleibt angewurzelt ſtehen und blickt herab.
Die Prinzeſſin ſchreitet langſam über die Waldwieſe und ſingt
leiſe für ſich ohne Muſikbegleitung:

Wir waren ganz allein, allein!

Geſprochen:

Allein! Ach! Wie nannten ihn die Mädchen?

Verhalten rufend:

Lobetanz! Lobetanz! Lobetanz!

Singend:

Sing, Lobetanz, ſing!
Sing, Lobetanz, ſing!

Lobetanz

setzt die Geige an und singt zu leisen Strichen:

Blau, wie das Wasser im See,
Klar, wie das Wasser im See,
Tief, wie das Wasser im See
Sind deine Augen, du Meine, du Meine!

Die Prinzessin, die während ihres Singens in die Nähe der Linde
gekommen ist, blickt, wie Lobetanz beginnt, glückserschrocken auf.
Lobetanz schwingt sich vom Gerüst herunter, beugt die Kniee
vor ihr und küßt ihr die Hand, indem er stammelt:

Du bist gekommen, du bist gekommen! Bist du zu mir
gekommen, du Meine?

Die Prinzessin

macht ihre Hände los und beugt sich über den knieenden Lobetanz,
daß ihre Haare über ihn fluten.

Lobetanz

richtet sich auf und küßt sie lange auf den Mund, dann singt er:

Die Welt versinkt uns weltenweit,
Komm auf in grüne Heimlichkeit,
Prinzeß, Prinzeß, du Meine!

Prinzessin:

Die Vögel singen im Lindenbaum,
Mir ist es wie ein seliger Traum
Voll golden grünem Scheine.

Sie steigen, indeß die Musik, die nun nicht mehr aussetzt, immer sehnender rauscht und schwillt, zur Linde auf, wo sie sich auf der Bank, die sich um den Stamm zieht, niederlassen, immer Hand in Hand, immer Aug in Aug, und sich küssend.

Lobetanz:

Wie wundersam, wie tief vertraut:
Da nimmer wir uns noch geschaut,
Sind wir uns beide herzensnah,
Wie Bräutigam und Braut.

Prinzessin:

Nach dir war meine Sehnsucht bang,
Dich kannte meine Seele lang,
Eh dich mein staunend Auge sah
In Glückes Ueberschwang.

Beide:

Es ist ein Faden gesponnen
Unsichtbar, strahlenfein,
Der hat uns längst verbunden,
Eh, daß wir uns gefunden
Im Maiensonnenschein.

Lobetanz:

Ein Ritter ist's gewesen,
Der hat mich ausgesandt
Mit Tönen auserlesen,
Zu suchen der Liebe Land.

Prinzessin:
Was hat er dir gesungen,
Der Ritter lobesam?
Mir hat das Ohr geklungen
Oft, eh ich dich vernahm.

Lobetanz:
Nun hör, ich will dir singen,
Was mir der Ritter riet;
Sporn, Trost war mir und Wegzehr
Das lockeliche Lied.

Er steht auf und stellt sich breit vor die Prinzessin, einen alten
Ritter nachahmend (nicht komisch karikierend) und sie als einen
Knappen betrachtend. Die Prinzessin blickt frisch lachend zu ihm
auf, wie denn überhaupt ihr Wesen alles Matte, Wehe verloren hat.

Lobetanz
singt:
Sitz im Sattel, reite!
Reite auf die Freite!
Freie dir die Fee der Freien,
Freie sie im milden Maien!
Mit Narzissen in den Händen
Geh ihr nah, doch an der Lenden
Schwebe dir dein Schwert!
Lobetanz mimt nun zugleich, was der Text vorschreibt.
Sprich zu ihr: Madleine,
Rose, Rose, Reine!

Willst du dich mir zärtlich neigen?

Willst du mir den Himmel zeigen?

Pause. Die Prinzessin senkt die Blicke. Lobetanz fährt freudig
fort:

Und sie wird die Blicke senken,

Wird dir alle Himmel schenken.

Nimm sie auf dein Pferd!

Lobetanz umfaßt die Prinzessin fest, hebt sie auf und küßt sie. Nun
stürmisch anfangs, dann ganz linde:

Sitz im Sattel, sause!

Reit mit ihr nach Hause!

Zwischen seidenbunten Decken

Sollst du dir dein Glück verstecken.

Alle Thore zugeschlossen!

Dämmergold ist ausgegossen

Ueber euern Herd!

Beide

wiederholen leise, Aug' in Auge:

Ueber euern Herd!

In die Musik tönen unterdeß ferne Jagdfanfaren, die stärker
und stärker werden, dann wieder abschwellen. Dabei hält
der Liebeszauber gleichmäßig an. — Unbemerkt von Lobetanz
und der Prinzessin tritt der König an der Spitze des königlichen Jagdzuges rechts durch den jungen Buchenstand. Er schreitet
etwa bis zur Hälfte des Abstandes zwischen der Linde und den
Buchen, immer den Blick traurig zu Boden gerichtet, da stürzt
einer der Sänger, die auch im Jagdgefolge sind, auf ihn zu und
weist auf das Paar in der Linde. Der König blickt auf, schrickt

zurück; sein Jagdspeer entfällt seiner Hand. Er ringt nach Worten, dann ruft er:

Greift ihn, Pikeniere!

Lärm, Gerassel, Bewegung im Gefolge. Es tönt das Wort hervor:

Zauberer!

Lobetanz und die Prinzessin schrecken aus ihrer Versunkenheit auf und blicken starr nach unten. Die Prinzessin klammert sich an Lobetanz.

Einige Pikeniere stürmen auf die Linde zu, die Treppe hinauf, indessen Lobetanz selbst die Prinzessin von sich losgemacht hat.

Die Prinzessin
zum Könige flehend hinab gewendet:
Vater!

Der König
macht eine Bewegung, traurig abwehrend: Es muß sein!

Die Pikeniere
packen Lobetanz und führen ihn gebunden die Treppe hinab und am König vorbei.

Die Prinzessin
sinkt bei diesem Anblick wie tot nieder.

Das Gefolge
in erneuter Bewegung laut durcheinander:
Zauberer! Zauberer! Sterben soll er! Sterben!

Die Sänger

den Gesang der Mädchen parodirend:

Sing, Lobetanz, sing!

Der alte Förster

ist die Treppe hinaufgestiegen und hat sich bemüht, die Prinzessin aufzurichten. Alles blickt ihr in das blasse Antlitz.

Der Vorhang fällt schnell.

Dritter Aufzug.

Ein Kerker. Spärliches Oellampenlicht, während man durch ein vergittertes Fenster das erste Grauen des Tages sieht. Pritschenlager an den Wänden. In der Hinterwand, genau in der Mitte, eine eiserne Thür. Auf den Pritschen liegen, mit Ketten an den Füßen, Gefangene; darunter zwei Weiber; alle zerlumpt. Lobetanz sitzt ganz rechts auf einer Pritsche, die ein wenig dem Beschauer nahe steht. Er hat die Geige auf dem Rücken, die Hände zwischen den Knieen gefaltet und blickt auf den Erdboden. — Gemurmel unter den Gefangenen.

Ein Gefangener:
Gut geschlafen, Zaubergeiger?

Ein Anderer:
Du, Bruder, mit dem Gesichte da hast du die kleine Prinzeß verhext?

Die Gefangenen lachen, indem einige langsam an Lobetanz heranschlampen.

Ein Gefangener:
Ein Wort, Bruder! Lern' uns deine Hantirung! Wenn dich Meister Einbein eiapopeit kannste sie eh nich weiter verwenden.

Ein Anderer:

Ja, du, wie stellt man's an, wenn man Prinzeſſenherzen
mauſen will?

Die Gefangenen lachen.

Ein Gefangener:

Puh! Er is ſtille. Er wills nit verraten! Jö, jö, jö!
Was fürn lahmer Zaubrer!

Er ſtellt ſich pathetiſch würdig vor Lobetanz und ſingt:

Prinz Sauertopf pfeift auf dem letzten Loch
Und war ein verteufelter Süßgeiger doch,
Hat verzaubert Prinzeſſen
Mit Fiedelfineſſen;
Küchenmeiſter, weißt du, wie der Höllenbraten roch?

Die Gefangenen

auf den Pritſchen liegend und mit den Ketten raſſelnd:

Küchenmeiſter, weißt du, wie der Höllenbraten roch?

Lautes, brüllendes Gelächter. Ein dritter Gefangener
tritt vor, ſtemmt die Arme in die Seiten und ſingt zu Lobetanz
hin:

Biſt ein junger Geſelle,
Hei Teufel und Tod!
Sie backen dir ſchnelle
Das letzletzte Brot.

Bist ein junger Geselle,
Schau lustiger drein,
Sie schänken dir schnelle
Den letztletzten Wein.
Gestorben, gestorben, gestorben muß sein,
So fahr denn mit Juchzen zum Höllenloch ein.
Juhu!

Die Gefangenen

in unbändiger Heiterkeit, erheben sich und singen, indem sie dazu mit den kettenrasselnden Füßen stampfen, gröhlend:

Gestorben, gestorben, gestorben muß sein,
So fahr denn mit Juchzen zum Höllenloch ein.
Juhu!

Unter Lachen lassen sie sich wieder auf ihre Pritschen nieder. Durch das Gitterfenster fällt ein erster jager Morgenrotschein, noch wie mit Grau untermischt. Lobetanz blickt auf, nickt langsam mit dem Kopf, fährt sich durchs Haar, blickt zum Fenster, dann rundum, und spricht:

Wackre Sänger ihr, das muß ich sagen; ihr gefallt mir besser, als die da draußen, die so süße singen. Euch will ich auch eins singen, zum Abschied, daß ihr nicht denkt, ich bin braven Kumpanen ein Spielverderber. Ein lustiges Lied ist's und handelt vom Tode.

Die Gefangenen:
Verdammt!

Lobetanz:

Ja, eine luftige Todesballade; — wißt ihr, so eine zum
Mitsingen, wenn der Kehrreim kommt, und auch zum
Mitspielen, wenn ihr wollt, und zum Mittanzen.

Die Gefangenen:

Oh, oh, gut! Das woll'n wir schon!
Oh ja! Was ist denn die Geschichte!?

Lobetanz:

Ja, denkt euch: ein guter Zecher . . . .

Ein Gefangener:

Zecher, — das ist gut!

Lobetanz:

. . . . ein guter Zecher, den's überkommt, daß er dahin
muß, ruft selber den Senser . . . .

Ein Gefangener:

Donnerdaus!

Lobetanz:

. . . selber den Senser und ladt ihn zum Wein.

Die Gefangenen:

Den Knochenmann? Zum Wein? hui!
Absonderlich! Hm! Na ja! Also!

Lobetanz:
Der Zecher also singt:
Stell die Uhr ab, Freund Hein,
Schänk zum letzten Mal ein
Meinen gläsenen Becher
Mit tiefrotem Wein.

Laß dein Sensengeschwank,
Setz dich her auf die Bank,
Sei ein friedlicher Zecher
Und trinke nicht Zank.

Gelt, der Wein da ist gut!?
Burgunderisch Blut!
Molk oft mir im Keller
Aus dem Fasse Mut.

Warum trinkst du denn nicht?
Oh du kalkicht Gesicht!
Trink aus doch! Trink schneller!
Langweiliger Wicht!

Die Gefangenen haben sich, wie sie ungefähr die Personen des Liedes merken, um einen ganz alten Gefangenen gruppiert, der teilnahmslos am Fußende seiner Pritsche hockt und den Kopf gesenkt hält, so daß man von seinem Gesicht nichts sieht. Sie singen den Kehrreim an ihn hin, wie wenn er der Tod in der Ballade wäre. Die Frauen beteiligen sich am Gesange nicht.

Herrgott bist du fad!
Es ist tiefjammerschad,
Daß der Tod so'n langweiliger
Zechkamerad.

Hätt es nimmer gedacht,
Daß der Tod bei der Nacht
Ein Gesicht wie ein heiliger
Marabu macht.

Gestorben muß sein,
Doch ich sehe nicht ein,
Warum so steifleinene
Zeremonein!

Nur näher gerückt!
Nur die Glatze gebückt!
Sei die hell elfenbeinene
Rosengeschmückt!

Pause. Die Gefangenen bemühen sich grotesk um den Alten.

Na, was fehlt noch? Vielleicht,
Daß ein Fiedelmann geigt?
Los Ländler und Lieder!
Pause.
Der Sensenmann schweigt.

Wie, noch immer verstimmt?
Tief scheinst du ergrimmt!
Doch die Lust kommt dem wieder,
Der ein Mädel sich nimmt.

Die Gefangenen winken haftig, wie von einer Idee gepackt, die Weiber heran.

Komm herein Leonor!
Tanz dem Tode was vor,
Indeſſen Belinde
Ihn kraue am Ohr.

Während der zwei folgenden Verſe tanzen die beiden Weiber vor dem Alten, der immer gleich unbeweglich und abwefend blickt.

Und es kommen zu zwein
Die Mädchen herein,
Und es ſingen gelinde
Geig und Schalmein.

Iſt ein luſtiger Takt,
Und die Mädchen ſind nackt,
Und den Tod hat der Zecher
Beim Arme gepackt.

Lobetanz hält inne, ſchwer athmend, während ein Gefangner den Alten ſchüttelt.

Da eiſt ihm das Blut,
Und es ſchrickt ihm der Mut,
Und er greift nach dem Becher.
Pauſe.
Im Becher iſt Blut.

Die Gefangenen laſſen von dem Alten ab und ſingen den Kehr=
reim des letzten und des folgenden Verſes nicht mit, ſind auch
ſonſt ruhig, ſodaß die Stimme Lobetanzens einſam klingt. Die
Weiber haben zu tanzen aufgehört.

Iſt Blut; aber blaß,
Ein eisſchaurig Naß

. . . .

Trink, trink doch, du Frecher!
Der Tod ſchänkt dir das.

Bei dieſen Worten hat ſich der Alte erhoben und ſchreitet knicke=
beinig vor. Man ſieht ſein Geſicht, das etwas vom Totenkopf
hat, ein kahler Schädel, tiefliegende Augen, knochige Naſe —; er
iſt ſehr dürr. Er geht, wie durch eine Gaſſe, auf Lobetanz zu.
Dieſer ſchrickt etwas zurück. Dann ſingt er mit gemachter Keck=
heit weiter:

Will nit lumpen ſich lân,
Auch zum Tanz tritt er an,
Hat auch Fräulein zweie
Geladen zum Plan.

Der Alte ergreift die Hände der Weiber und führt dieſe gleichſam
zum Tanz vor.

Sind auch ſplitternackt,
Tanzen auch nach dem Takt,
Und des Todes Schalmeie,
Die flötet vertrackt.

Im folgenden kommt der Alte, der dann auch die Gesten des Schalmeienblasens macht, mit den Weibern, die zu tanzen beginnen und in ein immer wilderes Tanztempo geraten, näher und näher an Lobetanz heran.

Ist ein Menschengebein,
Gedrechselt fein,
Ihre Tanzlieder klingen
Wie Fegfeuerschrei'n.

Die Gefangenen halten sich ganz ruhig, in Gespanntheit zuschauend, nur das Rasseln ihrer Ketten begleitet unausgesetzt das Lied.

Und es schrillt die Schalmei,
Und es packen die zwei
Und drehen und schwingen
Im Tanze ihn frei.

Hier machen die Weiber den Versuch, Lobetanz anzupacken, der sie mit dem Ausdruck entsetzten Ekels zurückstößt.

Leeräugig und kalt
Und mißgestalt
Sind die Tänzerinnen
Und moderalt.

In grinsender Ruh,
Turulu, turulu,
Spielt der Sensenmann selber
Den Hopser dazu.

4

Bis der Atem vergeht
Und das Herz stille steht,
Und die Seele dem Tänzer
Zur Hölle weht.

Die Weiber, die schließlich ganz rasende Tanzbewegungen gemacht
haben, sinken erschöpft an der Pritsche Lobetanzens nieder, Alles
ist still. Nur der Alte, immer, wie wenn er die Schalmei bliese,
singt:

Turulu, turulu, turulu!

Lobetanz hat das Haupt auf die Brust sinken lassen. — Da öffnet
sich die Thür, und, von grellroter Morgenhelle, wie von glühendem
Rot eingerahmt, steht der Henker. Lobetanz, von dem grellen Rot
getroffen, erhebt sich rasch, fährt sich durchs Haar, nimmt seine
Geige in die linke, den Bogen in die rechte Hand und schreitet
zu dem stumm winkenden Henker. Dieser legt die rechte Hand auf
seine Schulter.

Der Alte:
Turulu, turulu, turulu!

Die Thür schlägt plötzlich, wie von einem Windstoße, zu, und im
selben Augenblicke verfinstert sich die Szene vollständig. Verwand=
lung bei offner Szene. Zwischenspiel des Orchesters. Während des
Zwischenspieles wird es auf der Bühne allmählig hell, sodaß man,
anfangs nur wie im Morgengrauen, die Szenerie des vierten
Bildes erkennt: eine kahle Wiese, die im Hintergrunde, wo von
ferne ein Wald herüberragt, amphitheatralisch aufsteigt. In der
Mitte der Wiese ein Hügel, der von zwei Pappeln flankiert ist.
Auf dem Hügel der Galgen mit dem herabhängenden Stricke. An
jeder Pappel steht ein riesiger Pikenier, die eingestemmte Hellebarde
seitlich schräg abhaltend. Von allen Seiten kommt, leise murmelnd,

bang erwartungsvoll Volk aller Art. Die Szene erhellt sich mehr und mehr; schließlich fällt breit von einer Seite Morgenröte darüber. Einer aus dem Volke, **ein junger Burſch**, der in der vorderſten Gruppe links ſitzt, ſingt halblaut ſeinen Kameraden ein Lied:

Noch ehe die Sonne den Nebel hob
Heut früh,
Das Mädel mich aus der Thüre ſchob
Heut früh.
Leb wohl, leb wohl meine braune Marei,
Zu ſchnell, zu ſchnell ging die Nacht vorbei,
Ich vergaß zwei Küſſe oder auch drei
Heut früh.

Die Umſtehenden ſingen die beiden letzten Zeilen als Kehrreim, das Volk wiederholt nochmals: heut früh! Alles nur gedämpft.

Kalt wars und die Gräſer reifnaß
Heut früh,
Schnell ging meinen Weg ich fürbaß
Heut früh.
Mir wars, ich hört einen bangen Schrei,
Verdammt: da kam ich am Galgen vorbei,
Dran ſchwangen im Winde zwei oder auch drei
Heut früh.

Wiederum Kehrreim wie oben.

In die Schlußtöne des Liedes klingen langgezogene dumpfe, tiefe Poſaunenſtöße, mit leiſem Trommelwirbel untermiſcht. Bewegung, Hälſerecken im Volke. Von rechts kommt der Zug des Henkers. Voran mit langen, rotumwundenen Inſtrumenten drei Bläſer,

4*

dunkelrot gekleidet. Hinter ihnen drei Trommler, mit gleichfalls rotdrapierten Trommeln, dann rotuniformierte Pikeniere, dann der Richter in schwarz, dann der Henker, der seine linke Hand auf Lobetanzens rechter Schulter liegen hat, dann wieder Pikeniere, dann die Mädchen. Schweigend, im Takte der langsamen Trommel- und Posaunenmusik kommt der Zug. Die Trommler stellen sich an die rechte, die Posaunisten an die linke Pappel, die Pikeniere verteilen sich rechts und links. Die Mädchen stellen sich links vom Galgen auf, der Henker und Lobetanz direkt vor dem Galgenhügel. — Der Richter beschreitet den Galgenhügel, winkt Lobetanz und den Henker und spricht (liest ab) zum Volke gewendet:

Der Richter:

Es ist beschlossen und zu Recht erkannt:
Mit seiner Zaubergeige und mit schöner Worte List
Hat dieser hier, der junge Fiedelmann,
Verhext und eingebannt in seinen schlimmen Willen unsres
guten Königs liebes Kind.

Die Mädchen:
Ach, Lobetanz!

Der Richter:

Von ihrem hohen Throne hat er sie
Zu sich hinab in seinen Arm gelockt
Und hat ihr armes, reines, junges Herz
So jäh verkehrt, daß ihm es irre schlug.

Die Mädchen:
Ach, Lobetanz!

Der Richter:
Nun liegt sie wie der blasse Tod,
Voll zagem Atem noch, doch kalt und starr,
Und ihr vielholder Mund sprach noch kein Wort,
Seit man den Hexengeiger von ihr riß.

Die Mädchen:
Ach, Lobetanz!

Der Richter:
Drum ist beschlossen und zu Recht erkannt,
Daß dieser sterben soll in Galgenpein,
Damit sein Frevel Sühne gebe und sein Tod
Zum Leben rufe unser Königskind.

Die Mädchen:
Ach, Lobetanz!

Der Richter:
Und so gescheh's: Das blasse Königskind,
Halb tot, lebendig halb, sei aufgebahrt
Vor diesem Hügel, drauf der Frevler stirbt.
So werden wir, noch Schauerns voll vom Todesatemzug
des Frevlers hier,
Frohjauchzend in demselben Augenblicke sehn,
Wie neubelebt aufwacht das Königskind.
So wird aus Tod das Leben — spricht die Wissenschaft.

Das Volk:
Ah! Ah!

Aus der Ferne klingt schwermütige Marschmelodie. Richter, Henker und Lobetanz kehren sich um. Es erscheint der Zug des Königs und der Prinzessin. Voran mit umflorten Instrumenten, die Musiker, dann, ganz allein, zur Seite der Bahre der Prinzessin, der König, dann die Sänger 2c. Alles ist in Schwarz. Nur die Prinzessin, die auf einer roten Bahre liegt, ist in weißer Seide. Sie ist ganz blaß und macht den Eindruck einer Toten. Auf dem Haupte hat sie einen Kranz Maienrosen. Die Sänger stellen sich rechts vom Galgenhügel auf, die Bahre wird vor den Hügel gestellt. Der König sinkt davor nieder und verbirgt sein Haupt. — Stille. — Dann: drei lange, dumpfe Posaunenstöße und Trommel= wirbel der Henkermusik.

Der Henker:
Des armen Sünders letztes Wort!

Lobetanz:
Ach, lieber Herr König, was sind deine Weisen dumm!

Der König
richtet sich auf und wehrt ab.

Lobetanz:
Hör mich, wenn du sie liebst, wie ich, die hier so stumm liegt und totenbleich.

Der König
wehrt ab, die Sänger murren.

Die Mädchen:
Herr König, hör!
Herr König, hör!

Das Volk:
Herr König, hör!

Lobetanz:

Sieh, wie soll aus meinem Tode ihr Leben werden! Nein!
Wenn ich ein Zaubrer bin, wie ihr vermeint, so laß
mich doch zaubern. Denn wisse wohl, der einzige bin ich
hier, der dieses zaubern kann. Vermag ichs nicht,
bleibt immer übrig Zeit, daß ich des Roten bin. Ich
selber gebe mich ihm gerne dann, wüßte auch nicht, was
ich weiter sollte im hellen Maien. — Aber, Herr König,
mich dünkt, ich kanns. Sieh, mir ist so hell zu Sinne,
so sicher heiter, da ich doch sterben soll heutigen Tages
noch. Ich glaub, ich kanns, Herr König. Laß mich nur
geigen, einmal noch. Mir schwillt die Lust danach so
mächtig in der Brust, und mir ist, als ob das Leben
deines lieben Kindes in meiner Geige wäre.

Hör doch. Klingt sie nicht wie die unschuldige Seele
deines lieben Kindes?

Die Mädchen, die sich um die Bahre der Prinzessin gruppiert
haben, während an ihrer Stelle (links vom Galgen) ein Teil des
Volkes nachgerückt ist, blicken plötzlich alle auf das Antlitz der
Prinzessin (auch der König tut es und beugt sich ganz nahe zur
Prinzessin hin.) Darauf singen

Die Mädchen,
ohne Musikbegleitung, leise, erstaunt:
Ein Rosenschnee, zag
Wie der junge Tag

Wellt über die Bleiche,
Oh Glück!

Der König
schnell, erregt:

Geig, Lobetanz, und singe! Beiseit, Henker! Richter bei=
seit! Geig sie ins Leben, Fiedelmann! Und wenn sie,
wieder rot und warm, dir eher lacht, als mir, so will ich
deiner Geige glauben und nicht meinen Weisen, und du
sollst mir lieb sein, wie ein Sohn!

Die Mädchen
laut, alle zu Lobetanz gewendet:

Sing, Lobetanz, sing!
Sing, Lobetanz, sing!

Das Volk:
Sing, Lobetanz, sing!

Dann Stille. Atemloses Warten. Lobetanz, als ob er betete, hebt
seine Arme beide hoch, sieht inbrünstig erst ins Antlitz der Prin=
zessin, dann in den Himmel, dann hebt er sanft den Fiedelbogen,
küßt ihn leise und spricht, ganz für sich:

Lobetanz:
Mutterl, liebs Mutterl weit, nun hilf deinem Jungen!

Jetzt geigt er. Ganz zage erst, wie weites, weites Beben von un=
bekannten Tönen, dann voll und fest, dann hell und weich und
liebestürmisch. Sein Blick ruht dabei immer auf der Prinzessin.
Die Mädchen, die gleichfalls immer die Prinzessin betrachten,
singen, in Zwischenräumen, leise:

Die Mädchen:
Oh seht, oh seht,
Wie überweht
Von Rosenglühen das klare Gesicht!
Pause.
Wie neubelebt
Die Brust sich hebt!
Seht, öffnen sich die Lippen nicht?
Pause.

Lobetanz blickt vorgebeugt ängstlich gespannt auf die Prinzessin,
ob nicht ihr Mund sich öffnen will. Gespannte Stille. Nun hebt
er die Geige wieder und singt zu schlichten Strichen:

Lobetanz:
Weißt du es noch, wie die Vögel uns sangen,
Da wir Mund an Mund gehangen,
Hoch im Dämmer der grünen Linde?
Kleine Pause.

Die Prinzessin,
als ob es ein Echo aus ihrem Herzen wäre:
Linde!

Lobetanz:
Weißt du es noch, wie wir himmelwärts schauten,
Wie wir uns freuten, da friedevoll blauten
Hellhimmelsaugen durchs Grün unsrer Linde?

Prinzessin,
schon ein wenig lauter:
Linde.

Lobetanz:

Thue sie auf meinem Liede, du Meine,
Deine Blauaugen voll himmlischem Scheine,
Die uns geleuchtet im Dämmer der Linde!

Prinzessin,
die Augen aufschlagend, erstaunt:
Linde!

Lobetanz,
fröhlich, laut:
Blau, wie das Wasser im See,
Klar, wie das Wasser im See,
Tief, wie das Wasser im See
Sind deine Augen, du Meine, du Meine!

Prinzessin
setzt sich auf, blickt ihn selig an und ruft:
Du Meiner! Du Meiner!

Sie will zu ihm, da sieht sie erst die Menge und den König, der
sie an sich ziehen will. Sie wehrt ihm und senkt scheu den Kopf.

Lobetanz
innig:
Fürchte, fürchte dich nicht!
Alles ist Glück und Glanz.
Frühling hat Wunder gethan,
Tanze den Maientanz!

Die Musik setzt in Tanzrhythmen um. Die Prinzessin, ganz schwach, ruht im Arme zweier Mädchen und blickt selig zu Lobetanz auf, der, keinen Blick von ihr wendend, flott geigt und singt:

Lobetanz:
Blütenblätter jagt der Wind
Von den jungen Zweigen,
Die sich nun im ersten Sturm,
Frühlingssturme, neigen.

Rosenrote Apfelbluh
Tanzt mit schneeig weißen
Kirschenblüten Ringelreih
Hell in Wirbelkreisen.

Junge Birken beugen sich
Jungferngrün im Winde,
Leise wisperts, froh erstaunt,
In der alten Linde.

Heia! Erster Frühlingssturm,
Blütenblätterfeger!
Sei gegrüßt, Lenzjunker Wind,
Allerliebster Jäger!

Nicht zum Morde ruft dein Horn,
Ruft zu Tanz und Leben.
Ueber deinem Hussahzug
Schmetterlinge schweben.

Letztes Winterwehtum treibt
Dein Hallih von hinnen.
Hüte hoch! und Juhuhu!!
Maitanz soll beginnen.

Jetzt läßt sich das Volk nimmer halten, das schon während der letzten Strophen in Tanzakt geraten ist. Es fassen sich Mädel und Buben, Alte und Junge, der Henker den Richter — sogar die Sänger tanzen mit ihren Harfen grotesk verzückt. Auch die Prinzessin, im Arme der Mädchen, bewegt sich, und der König kann sich kaum mehr am Flecke halten.

Lobetanz:
fährt fort.

Wie der Blütenblätterschnee
Woll'n wir Wirbel drehen,
Wie's der alte Galgenstamm
Nimmer noch gesehen.

Flöte kichert, Geige singt,
Und der Baß brummt bieder,
Doch der Lenzwind über uns
Hat die schönsten Lieder.

Hat die große Melodei,
Helle Sturmlustweise
Nach des Lenzen Pfeife tanzt,
Tanzt die frohen Kreise!

Die Henkermusik und die Zugmusik haben nach den ersten Strichen begonnen, Lobetanz zu begleiten. Musik, Tanzgejauchz, Tanz. Die Prinzessin macht sich von den Mädchen, die nun den König im

Tanze schwingen, los und tanzt den Galgenhügel hinauf, Lobetanz
in die Arme. Selig schauen beide, nachdem sie sich innig geküßt,
auf das Leben unter sich, da kommt aus der Luft ein langes
„Kräh!" und aus dem Schnabel eines über den Galgen fliegenden
Raben fällt Lobetanzens Barett herunter, den Galgen bekrönend.
Alles hat aufgeblickt. Nun lautes Gelächter.

Die Braunen:
Der Galgen bemützt, der Galgen bemützt,
Sagt doch, was das bedeute!

Die Blonden:
Was soll es denn bedeuten: ei,
's giebt eine Hochzeit heute!

Der König:
Komm, Lobetanz, mein lieber Sohn,
Zieh ein in meine Freude,
Ein lad ich all mein gutes Volk,
Im Schloß ist Hochzeit heute.

Das Volk
Alle:
Ein Zaubrer groß ist Lobetanz,
Schaut nur die Zweie an,
Der Galgen umgleißt von Glück und Glanz.
Frühling hat Wunder getan.

Alles wirbelt in buntem Tanze fort.

Ende.